可愛的中國

方志敏 著

新世界出版社
NEW WORLD PRESS

图书在版编目（CIP）数据

可爱的中国 / 方志敏著 ; 徐思阳编 . -- 北京 : 新世界出版社 , 2021.6

ISBN 978-7-5104-7315-9

Ⅰ . ①可… Ⅱ . ①方… ②徐… Ⅲ . ①散文集—中国—现代 Ⅳ . ① I266

中国版本图书馆 CIP 数据核字 (2021) 第 136795 号

可爱的中国

作　　者：方志敏
编　　者：徐思阳
责任编辑：李晨曦
特约编辑：赵如意
装帧设计：贺玉婷
责任校对：宣　慧
责任印制：王宝根　苏爱玲
出　　版：新世界出版社
网　　址：http://www.nwp.com.cn
社　　址：北京西城区百万庄大街 24 号（100037）
发 行 部：(010)6899 5968（电话）　(010)6899 0635（电话）
总 编 室：(010)6899 5424（电话）　(010)6832 6679（传真）
版 权 部：+8610 6899 6306（电话）　nwpcd@sina.com（电邮）
印　　刷：天津中印联印务有限公司
经　　销：新华书店
开　　本：880mm×1230mm　1/32　尺寸：145mm×210mm
字　　数：50 千字　　印张：3.5
版　　次：2021 年 6 月第 1 版　　2021 年 6 月第 1 次印刷
书　　号：ISBN 978-7-5104-7315-9
定　　价：38.00 元

方志敏（1899—1935 年）

少年方志敏

被捕当日的方志敏（1935 年 1 月 29 日）

方志敏在南昌豫章公园被“示众”（1935 年 2 月 7 日）

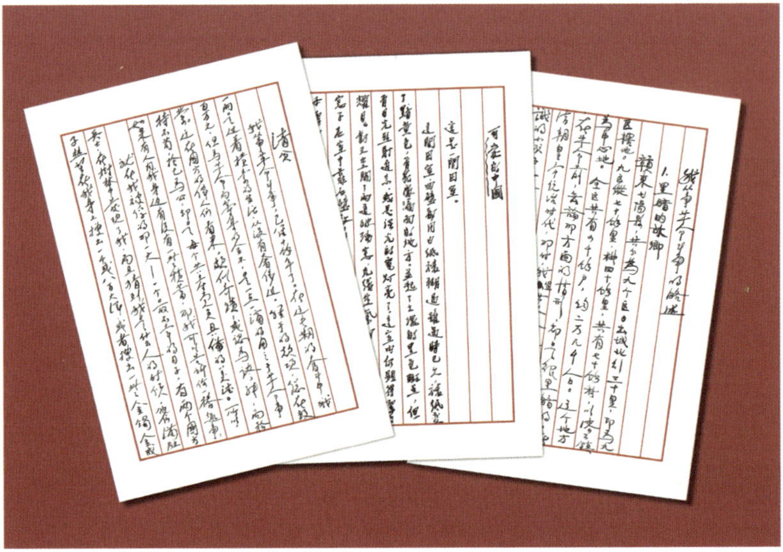

方志敏《清贫》《可爱的中国》《我从事革命斗争的略述》手稿（1935 年）

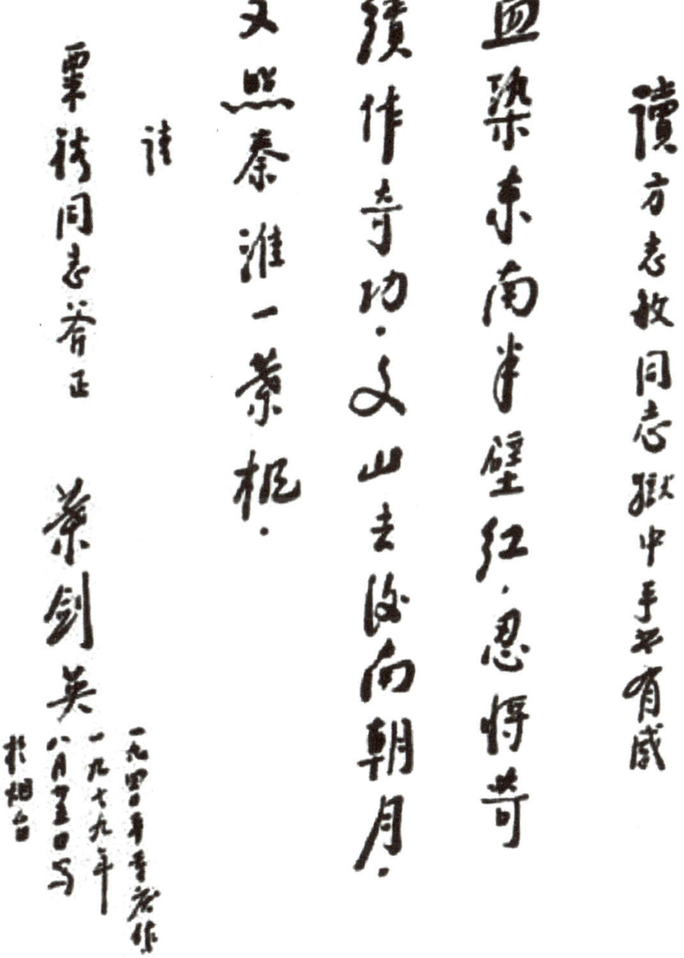

叶剑英《读方志敏同志狱中手书有感》
手稿（1940 年原作，1979 年重录）

方志敏纪念馆（坐落于江西省弋阳县）

“清贫”纪念碑（坐落于江西省怀玉山山巅）

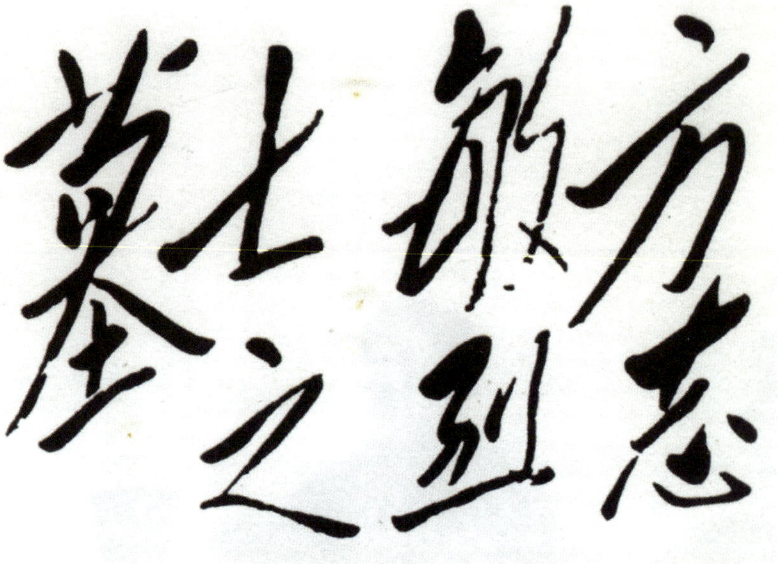

毛泽东主席为方志敏烈士陵园题写的墓名

方志敏烈士陵园（坐落于江西省南昌市北郊梅岭山麓）

出版说明

生命无法不朽，却可以书写不朽！

在方志敏短暂而又光辉的人生历程中，不仅建立了不朽的革命功勋，更留下了传世篇章。他的《可爱的中国》《清贫》等狱中文稿，已成为脍炙人口的名篇。习近平总书记曾深情地说："我多次读方志敏烈士在狱中写下的《清贫》。那里面表达了老一辈共产党人的爱和憎，回答了什么是真正的穷和富，什么是人生最大的快乐，什么是革命者的伟大信仰，人到底怎样活着才有价值，每次读都受到启示、受到教育、受到鼓舞。"

值此中国共产党成立100周年之际，编辑出版《可爱的中国》(中、英文版)，无疑是一件值得庆贺的事情。希望本书的出版，能够让更多的中外读者了解方志敏以及中国无数革命先驱对共产主义信仰的坚守，了解共产党人的初心。希冀本书的出版能够成为一座精神之桥，更广泛地传播深烙忠诚、清贫印记的方志敏精神。

目 录

序

1899 年 8 月，方志敏出生在江西省弋阳县的一个贫苦农家。他自幼聪明好学，在私塾启蒙时，便深受中华优秀传统文化的影响，文天祥、谢叠山等江西先贤“富贵不能淫，贫贱不能移，威武不能屈”的事迹，一直激励着他。进入弋阳县立高等小学后，他接触了新知识，在同学中发起组织“青年社”，立志“铲除邪恶、追求光明”。五四爱国运动的洗礼，使方志敏的精神进一步得到升华。他说：“我是一个黑暗的憎恶者，我是一个光明的渴求者。”

风雨如磐的黑暗现实，促使方志敏外出寻求救国救民的真理。1919 年起，他先后在南昌的江西省立甲种工业学校和九江南伟烈学校学习。在南伟烈学校，他刻苦学习英语，进步很快。1922 年春，他借助词典，阅读了英文版的《共产党宣言》和《资本论》，直接从外文原著中汲取人类先进思想的结晶。在当时各种思潮相互激荡的情况下，方志敏通过学习、思索、比较，最终选择了马克思主义。

方志敏于 1924 年加入中国共产党。他说："共产党员，这是一个极尊贵的名词，我加入了共产党，做了共产党员，我是如何地引以为荣呵！从此，我的一切，直至我的生命都交给党去了！"

从 1927 到 1934 年，方志敏和许多杰出的共产党人一样，坚持在自己的家乡赣东北地区开展武装斗争，创建了赣东北革命根据地，后来发展为横跨四省、拥有近 50 个县、中心地区达百万人口的闽浙（皖）赣革命根据地，成为土地革命早期六大苏维埃根据地之一，被毛泽东称赞为"方志敏式"的根据地。

1934 年 11 月，为推动全民族抗日，策应中央红军主力长征，方志敏临危受命，率领中国工农红军第 10 军团（中国工农红军北上抗日先遣队）继续北上抗日。1935 年 1 月，在江西省怀玉山区遭国民党军重兵包围，同月 29 日在怀玉山区高竹山被俘。同年 8 月 6 日，方志敏英勇就义。

方志敏的革命生涯，可以分为狱外和狱中两个阶段。前者十几年，后者只有短短6个月。他在这两个时间段中，都以惊人的毅力创造了惊天动地的伟业。

在中国共产党的历史上，被囚禁而牺牲的共产党人难以计数，而有遗稿流出并传世的，则少之又少。方志敏身陷囹圄，时刻面临着死亡的威胁，狱卒又日夜监视，能写出《我从事革命斗争的略述》等十三万余字的文稿，是一个奇迹；而这些文稿，突破敌人严密的禁锢，被分批秘密传送出来，更是一个传奇。

本书所收录《可爱的中国》《清贫》两文[1]，均为方志敏1935年于狱中所作。在其狱中文稿里，这两文是家喻户晓的名篇。《可爱的中国》满含着方志敏对祖国的无限热爱，是真切深沉的倾情告白，是发自心灵深处的呐喊、呼唤；《清贫》则是对共产党人甘于清贫的

1　本书依据方志敏狱中手稿录入。文稿中一些现在看来是别字、错字的文字，在上世纪二三十年代是正字或与正字通用，均保留原貌。由于时代和作者文化背景的原因，文稿中间或有使用文言字、词的现象，对其中较难解的，本次出版时，编者概加以注释；对文稿中助词“的、地”偶有混用的情况，以及明显误用的标点，亦直接改正。

高贵品质的热情讴歌。这两篇文章意境高远、感情真挚，堪为千古绝唱！

徐思阳

2021 年 6 月

可爱的中国

（一九三五年五月二日）

这是一间囚室。

这间囚室，四壁都用白纸裱糊过，虽过时已久，裱纸变了黯黄色，有几处漏雨的地方，并起了大块的黑色斑点，但有日光照射进来，或是强光的电灯亮了，这室内仍显得洁白耀目。对天空开了两道玻璃窗，光线空气都不算坏。对准窗子，在室中靠石壁放着一张黑漆色长方书桌，桌上摆了几本厚书和墨盒茶盅。桌边放着一把锯短了脚的矮竹椅，接着竹椅背后，就是一张铁床，床上铺着灰色军毯，一床粗布棉被，折叠了三层，整齐地摆在床的里沿。在这室的里面一角，有一只未漆的未盖的白木箱摆着，木箱里另有一只马桶躲藏在里面，日夜张开着口，承受这室内囚人每日排泄下来的秽物。在白木箱前面的靠壁处，放着一只蓝瓷的痰盂，它像与马桶比赛似的，也是日夜张开着口，承受室内囚人吐出来的痰涕与丢下去的橘皮蔗渣和纸屑。骤然跑进这间房来，若不是看到那只刺目的很不雅观的白方木箱，以及坐在桌边那个钉着铁镣一望而知为囚人的祥松[1]，或者你会认为这不是一间囚室，而是一间书室了。

的确，就是关在这室内的祥松，也认为比他十年前在省城读书时所住的学舍的房间要好一些。

这是看守所优待号的一间房。这看守所分为两部，一部是优待号，一部是普通号。优待

1 祥松，即方志敏。

号是优待那些在政治上有地位或是有资产的人们。他们因各种原因，犯了各种的罪，也要受到法律上的处罚；而他们平日过的生活以及他们的身体，都是不能耐住那普通号一样的待遇；把他们也关到普通号里去，不要一天两天，说不定都要生病或生病而死，那是万要不得之事。故特辟优待号让他们住着，无非是期望着他们趁早悔改的意思。所以与其说优待号是监狱，或者不如说是休养所较为恰切些，不过是不能自由出入罢了。比较那潮湿污秽的普通号来，那是大大的不同。在普通号吃苦生病的囚人，突然看到优待号的清洁宽敞，心里总不免要发生一个是天堂，一个是地狱之感。

因为祥松是一个重要的政治犯，官厅为着要迅速改变他原来的主义信仰，才将他从普通号搬到优待号来。

祥松前在普通号，有三个同伴同住，谈谈讲讲，也颇觉容易过日。现在是孤零一人，镇日[1]坐在这囚室内，未免深感寂寞了。他不会抽烟，也不会喝酒，想借烟来散闷，酒来解愁，也是做不到的。而能使他忘怀一切的，只是读书。他从同号的难友处借了不少的书来，他原是爱读书的人，一有足够的书给他读读看看，就是他脚上钉着的十斤重的铁镣也不觉得它怎样沉重压脚了。尤其在现在，书好像是医生手里止痛的吗啡针，他一看起书来，看到津津有味处，把他精神上的愁闷与肉体上的苦痛，都麻痹得忘却了。

到底他的脑力有限，接连看了几个钟头的书，头就会一阵一阵地胀痛起来。他将一双肘节放在桌上，用两掌抱住胀痛的头，还是照原看下去，一面咬紧牙关自语："尽你痛！痛！

---

1 镇，通"整"。"镇日"即"整日"。

再痛！脑溢血，晕死去罢[1]！”直到脑痛十分厉害，不能再耐的时候，他才丢下书本，在桌边站立起来。或是向铁床上一倒，四肢摊开伸直，闭上眼睛养养神，或是在室内从里面走到外面，又从外面走到里面，踱着步，再或者站在窗口望着窗外那么一小块沉闷的雨天出神，也顺便望望围墙外那株一半枯枝、一半绿叶的柳树。他一看到那一簇浓绿的柳叶，他就猜想出遍大地的树木，大概都在和暖的春风吹嘘中，长出艳绿的嫩叶来了——他从这里似乎得到一点儿春意。

他每天都是这般不变样地生活着。

今天在换班的看守兵推开门来望望他——换班交代最重要的一个囚人——的时候，却看到祥松没有看书，也没有踱步，他坐在桌边，用左手撑住头，右手执着笔在纸上边写边想。

1　罢，文言文用法，语气助词，即“吧”。

祥松今天似乎有点什么感触，要把它写出来。他在写些什么呢？啊！他在写着一封给朋友们的信。

亲爱的朋友们：

我终于被俘入狱了。

关于我被俘入狱的情形，你们在报纸上可以看到，知道大概，我不必说了。我在被俘以后，经过绳子的绑缚，经过钉上粗重的脚镣，经过无数次的拍照，经过装甲车的押解，经过几次群众会上活的示众，以至关入笼子里，这些都像放映电影一般，一幕一幕地过去了！我不愿再去回忆那些过去的事情，回忆，只能增加我不堪的羞愧和苦恼！我也不愿将我在狱中的生活告诉你们。朋友，无论谁入了狱，都得感到愁苦和屈辱，我当然更甚，所以不能告诉你们一点什么好的新闻。我今天想告诉你们的却是另外一个比较紧要的问题，即是关于爱护中国，拯救中国的问题，你们或者高兴听一听我讲这个问题罢。

我自入狱后，有许多人来看我，他们为什么来看我，大概是怀着到动物园里去看一只新奇的动物一样的好奇心罢？他们背后怎样评论我，我不能知道，而且也不必一定要知道。就他们当面对我讲的话，他们都承认我是一个革命者；不过他们认为我只顾到工农阶级的利益，忽视了民族的利益，好像我并不是热心爱中国爱民族的人。朋友，这是真实的话吗？工农阶级的利益，会是与民族的利益冲突吗？不，绝不是的，真正为工农阶级谋解放的人，才正是为民族谋解放的人，说我不爱中国不爱民族，那简直是对我一个天大的冤枉了。

我很小的时候，在乡村私塾中读书，无知无识，不知道什么是帝国主义，也不知道帝国主义如何侵略中国，自然，不知道爱国为何事。以后进了高等小学读书，知识渐开，渐渐懂得爱护中国的道理。一九一八年[1]爱国运动波及到我们高小时，我们学生也开起大会来了。

在会场中，我们几百个小学生都怀着一肚子的愤恨，一方面痛恨日本帝国主义无餍的侵略，另一方面更痛恨曹、

1 应为1919年。

章[1]等卖国贼的狗肺狼心！就是那些年青的教师们（年老的教师们，对于爱国运动，表示不甚关心的样子），也和学生一样，十分激愤。宣布开会之后，一个青年教师上讲堂，将日本帝国主义提出的灭亡中国的二十一条，一条一条地边念边讲。他的声音由低而高，渐渐地吼叫起来，脸色涨红，渐而发青，颈子胀大得像要爆炸的样子，满头的汗珠子，满嘴唇的白沫，拳头在讲桌上捶得碰碰响。听讲的我们，在这位教师如此激昂慷慨的鼓动之下，哪一个不是鼓起嘴巴，睁大眼睛——每对透亮的小眼睛，都是红红的像要冒出火来，有几个学生竟流

1 曹、章，即曹汝霖、章宗祥，北洋政府高官。五四运动中，曹汝霖、章宗祥等因签订过损害中国权益和民族尊严的卖国条约，成为广大学生要求严惩的卖国贼。

泪哭起来了。朋友，确实的，在这个时候，如果真有一个日本强盗或是曹、章等卖国贼的哪一个站在我们的面前，那怕不会被我们一下打成肉饼！会中，通过抵制日货，先要将各人身边的日货销毁去，再进行检查商店的日货，并出发对民众讲演，唤起他们来爱国。会散之后，各寝室内扯抽屉声，开箱笼声，响得很热闹，大家都在急急忙忙地清查日货呢。

“这是日货，打了去！”一个玻璃瓶的日本牙粉扔出来了，扔在阶石上，立即打碎了，淡红色的牙粉，飞洒满地。

“这也是日货，踩了去！”一只日货的洋瓷脸盆，被一个学生倒仆在地上，猛地几脚踩凹下去，瓷片一片片地剥落下来，一脚踢出，瓷盆就像含冤无诉地滚到墙角里去了。

“你们大家看看，这床席子大概不是日本货吧？”一个学生双手捧着一床东洋席子，表现很不能舍去的样子。

大家走上去一看，看见席头上印了“日本制造”四个字，立刻同声叫起来：

“你的眼睛瞎了，不认得字？你舍不得这床席子，想做亡国奴？！”不由分说，大家伸出手来一撕，那床东洋席，就被撕成碎条了。

我本是一个苦学生，从乡间跑到城市里来读书，所带的铺盖用品都是土里土气的，好不容易弄到几个钱，买了日本牙刷、金刚石牙粉、东洋脸盆，并也有一床东洋席子。我明知销毁这些东西，以后就难得钱再买，但我为爱国心所激动，也就毫无顾惜地销毁了。我并向同学们宣言，以后生病，就是会病死了，也决不买日本的仁丹和清快丸。

从此以后，在我幼稚的脑筋中，作[1]了不少的可笑的幻梦；我想在高小毕业后，即去投考陆军学校，以后一级一级地升上去，带几千兵或几万兵，打到日本去，踏平三岛！我又想，在高小毕业后，就去从事实业，苦做苦积，那怕不会积到几百万几千万的家私，一齐拿出来，练海陆军，去打东洋。读西洋史，一心想做拿破仑；读中国史，一心又想做岳武穆。这些混杂不清的思想，现在讲出来，是会惹人笑痛肚皮！但在当时我却认为这些思想是了不起的真理，愈想愈觉得

1 作，通“做”。

津津有味，有时竟想到几夜失眠。

一个青年学生的爱国，真有如一个青年姑娘初恋时那样的真纯入迷。

朋友，你们知道吗？我在高小毕业后，既未去投考陆军学校，也未从事什么实业，我却到N城[1]来读书了。N城到底是省城，比县城大不相同。在N城，我看到了许多洋人，遇到了许多难堪的事情，我讲一两件给你们听，可以吗？

只要你到街上去走一转，你就可以碰着几个洋人。当然我们并不是排外主义者，洋人之中，有不少有学问有道德的人，他们同情于中国民族的解放运动，反对帝国主义对中国的压迫和侵略，他们是我们的朋友。只是那些到中国来赚

1　N城，指南昌。

钱，来享福，来散播精神的鸦片——传教的洋人，却是有十分的可恶的。他们自认为文明人，认我们为野蛮人，他们是优种，我们却是劣种；他们昂头阔步，带着一种藐视中国人、不屑与中国人为伍的神气，总引起我心里的愤愤不平。我常想："中国人真是一个劣等民族吗？真该受他们的藐视吗？我不服的，决不服的。"

有一天，我在街上低头走着，忽听得"站开！站开"的喝道声。我抬头一望，就看到四个绿衣邮差，提着四个长方扁灯笼，灯笼上写着"邮政管理局长"几个红扁字，四人成双行走，向前喝道；接着是四个徒手的绿衣邮差；接着是一顶绿衣大轿，四个绿衣轿夫抬着；轿的两旁，各有两个绿衣邮差扶住轿杠护着走；轿后又是四个绿衣邮差跟着。我再低头向轿内一望，轿内危坐着一个碧眼黄发高鼻子的洋人，口里衔着一支大雪茄，脸上露出十足的傲慢自得的表情。“啊！好威风呀！”我不禁脱口说出这一句。邮政并不是什么深奥巧妙的事情，难道一定要洋人才办得好吗？中国的邮政，为什么要给外人管理去呢？

随后，我到K埠[1]读书，情形更不同了。在K埠有了所谓租界上，我们简直不能乱动一下，否则就要遭打或捉。在中国的地方，建起外人的租界，服从外人的统治，这种现象不会有点使我难受吗？

---

1 K埠，指九江。

有时，我站在江边望望，就看见很多外国兵舰和轮船在长江内行驶和停泊，中国的内河，也容许外国兵舰和轮船自由行驶吗？中国有兵舰和轮船在外国内河行驶吗？如果没有的话，外国人不是明白白欺负中国吗？中国人难道就能够低下头来活受他们的欺负不成？！

就在我们读书的教会学校里，他们口口声声传那“平等博爱”的基督教；同是教员，又同是基督信徒，照理总应该平等待遇；但西人教员，都是二三百元一月的薪水，中国教员只有几十元一月的薪水；教国文的更可怜，简直不如去讨饭，他们只有二十余元一月的薪水。朋友，基督国里，就是如此平等法吗？难道西人就真是上帝宠爱的骄子，中国人就真是上帝抛弃的下流的瘪三？！

朋友，想想看，只要你不是一个断了气的死人，或是一个甘心亡国的懦夫，天天碰着这些恼人的问题，谁能按下你不挺身而起，为积弱的中国奋斗呢？何况我正是一个血性自负的青年！

朋友，我因无钱读书，就漂流到吸尽中国血液的唧筒[1]——上海来了。最使我难堪的，是我在上海游法国公园的那一次。我去上海原是梦想着找个半工半读的事情做做，哪知上海人是人浮于事，找事难于登天，跑了几处，都毫无头绪，正在纳闷着，有几个穷朋友，邀我去游法国公园散散闷。一走到公园门口就看到一块刺目的牌子，牌子上写着

1　唧，音 jì，抽、吸。唧筒即泵。

“华人与狗不准进园”几个字。这几个字射入我的眼中时，全身突然一阵烧热，脸上都烧红了。这是我感觉着从来没有受过的耻辱！在中国的上海地方让他们造公园来，反而禁止华人入园，反而将华人与狗并列。这样无理地侮辱华人，岂是所谓“文明国”的人们所应该做出来的吗？华人在这世界上还有立足的余地吗？还能生存下去吗？我想至此也无心游园了，拔起脚就转回自己的寓所了。

朋友，我后来听说因为许多爱国文学家著文的攻击，那块侮辱华人的牌子已经取去了。真的取去了没有？还没有取去？朋友，我们要知道，无论这块牌子取去或没有取去，那些以主子自居的混蛋的洋人，以畜生看待华人的观念，是至今没有改变的。

朋友，在上海最好是埋头躲在鸽子笼里不出去，倒还可以静一静心！如果你喜欢向外跑，喜欢在“国中之国”的租界上去转转，那你不仅可以遇着“华人与狗”一类的难堪的事情，你到处可以看到高傲的洋大人的手杖，在黄包车夫和苦力的身上飞舞；到处可以看到饮得烂醉的水兵，沿街寻人殴打；到处可以看到巡捕手上的哭丧棒，不时在那些不幸的人们身上乱揍。假若你再走到所谓“西牢”旁边听一听，你定可以听到从里面传出来的包探捕头拳打脚踢毒刑毕用之下的同胞们一声声呼痛的哀音，这是他们利用治外法权来惩治反抗他们的志士！半殖民地民众悲惨的命运呵！中国民族悲惨的命运呵！

朋友，我在上海混不出什么名堂，仍转回K省[1]来了。

我搭上一支J国[2]轮船。在上船之前，送行的朋友告诉我在J国轮船，确要小心谨慎，否则船上人不讲理的。我将他们的忠告，谨记在心。我在狭小拥挤、汗臭屁臭、蒸热闷人的统舱里，买了一个铺位。朋友，你们是知道的，那时，我已患着很厉害的肺病，这统舱里的空气，是极不适宜于我的；但是，一个贫苦学生，能够买起一张统舱票，能够在统舱里占上一个铺位，已经就算是很幸事了。我躺在铺位上，头在发昏晕！等查票人

1 K省，指江西省。

2 J国，指日本。

过去了，正要昏迷迷地睡去，忽听到从货舱里发出可怕的打人声及喊救声。我立起身来问茶房什么事，茶房说，不要去理它，又[1]不是打那些不买票的穷蛋。我不听茶房的话，拖着鞋向那货舱走去，想一看究竟。我走到货舱门口，就看见有三个衣服褴褛的人，在那堆叠着的白糖包上蹲伏着。一个是兵士，二十多岁，身体健壮，穿着一件旧军服。一个像工人模样，四十余岁，很瘦，似有暗病。另一个是个二十余岁的妇人，面色粗黑，头上扎一块青布包头，似是从乡下逃荒出来的样子。三人都用手抱住头，生怕头挨到鞭子，好像手上挨几下并不要紧的样子。三人的身体，都在战栗着。他

1 又，同“还”。

们都在极力将身体紧缩着，好像想缩小成一小团子或一小点子，那鞭子就打不着哪一处了。三人挤在一个舱角里，看他们的眼睛，偷偷地东张西张的神气，似乎他们在希望着就在屁股底下能够找出一个洞来，以便躲进去避一避这无情的鞭打，如果真有一个洞，就是洞内满是屎尿，我想他们也是会钻进去的。在他们对面，站着七个人，靠后一点，站着一个较矮的穿西装的人，身体肥胖得很，肚皮膨大，满面油光，鼻孔下蓄了一小绺短须。两手叉在裤袋里，脸上浮露一种毒恶的微笑，一望就知道他是这场鞭打的指挥者。其余六个人，都是水手茶房的模样，手里拿着藤条或竹片，听取指挥者的话，在鞭打那三个未买票偷乘船的人们。

“还要打！谁叫你不买票！”那肥人说。

他话尚未说断，那六个人手里的藤条和竹片，就一齐打下。“还要打！”肥人又说。藤条竹片又是一齐打下。每次打下去，接着藤条竹片的着肉声，就是一阵“痛哟！”令人酸鼻的哀叫！这种哀叫，并不能感动那肥人和几个打手的慈心，他们反而哈哈地笑起来了。

“叫得好听，有趣，多打几下！”那肥人在笑后命令地说。

那藤条和竹片，就不分下数地打下，“痛哟！痛哟！饶命呵！”的哀叫声，就更加尖锐刺耳了！

“停住！去拿绳子来！”那肥人说。

那几个打手，好像耍熟了把戏的猴子一样，只听到这句话，就晓得要做什么。马上就有一个跑去拿了一捆中粗绳子来。

“将他绑起来，抛到江里去喂鱼！”肥人指着那个兵士说。

那些打手一齐上前，七手八脚地将那兵从糖包上拖下来，按倒在舱面上，绑手的绑手，绑脚的绑脚，一刻儿就把那兵士绑起来了。绳子很长，除缚结外，还各有一长段拖着。

那兵士似乎入于昏迷状态了。

那工人和那妇人还是用双手抱住头，蹲在糖包上发抖战，那妇人的嘴唇都吓得变成紫黑色了。

船上的乘客，来看发生什么事体的，渐来渐多，货舱门口都站满了，大家脸上似乎都有一点不平服的表情。

那兵士渐渐地清醒过来，用不大的声音抗议似的说：

“我只是无钱买船票，我没有死罪！”

啪的一声，兵士的面上挨了一巨掌！这是打手中一个很高大的人打的。他吼道：“你还讲什么？像你这样的狗东西，别说死一个，死十个百个又算什么！”

于是他们将他搬到舱沿边，先将他手上和脚上两条拖着绳子，缚在船沿的铁栏干[1]上，然后将他抬过栏干向江内吊下去。人并没有浸入水内，离水面还有一尺多高，只是仰吊在那里。被轮船激起的江水溅沫，急雨般打到他面上来。

1　栏干，通“栏杆”。本文按作者手稿录入。

那兵士手脚被吊得彻心彻骨的痛，大声哀叫。

那几个魔鬼似的人们，听到了哀叫，只是“好玩！好玩！”地叫着跳着作乐。

约莫吊了五六分钟，才把他拉上船来，向舱板上一摔，解开绳子，同时你一句我一句地说道：“味道尝够了吗？”“坐白船没有那么便宜的！”“下次你还买票不买票？”“下次你还要不要来尝这辣味儿？”“你想错了，不买票来偷搭外国船！”那兵士直硬硬地躺在那里，闭上眼睛，一句话也不答，只是左右手交换地去摸抚那被绳子嵌成一条深槽的伤痕，两只脚也在那吊伤处交互揩擦。

“把他也绑起来吊一下！”肥人又

指着那工人说。

那工人赶[1]从糖包上爬下来，跪在舱板上，哀恳地说："求求你们不要绑我，不要吊我，我自己爬到江里去投水好了。像我这样连一张船票都买不起的苦命，还要它做什么！"他说完就望[2]船沿爬去。

"不行不行，照样地吊！"肥人说。

那些打手，立即将那工人拖住，照样把他绑起，照样将绳子缚在铁栏干上，照样把他抬过铁栏干吊下去，照样地被吊在那里受着江水激来沫的溅洒，照样他在难忍的痛苦下哀叫，也是吊了五六分钟，又照样把他吊上来，摔在舱板上替他解缚。但那工人并不去摸抚他手上和脚上的伤痕，只是眼泪如泉涌地流出

1　赶，从速，加快意。
2　望，向，朝着。

来，尽在抽噎地哭，那半老人看来是很伤心的了！

“那妇人怎样耍她一下呢？”打手中一个矮瘦的流氓样子的人向肥人问。

“……”肥人微笑着不作声。

“不吊她，摸一摸她底下的毛，也是有趣的呀！”

肥人点一点头。

那人就赶上前去，扯那妇人的裤腰。那妇人双脚打文字式地绞起，一双手用力遮住那小肚子下的地方，脸上红得发青了，用尖声喊叫：“嬲嬲[1]不得呀！嬲不得呀！”

那人用死力将手伸进她的腿胯里，摸了几摸，然后把手拿出来，笑着说：“没

1 嬲，音 niǎo，戏弄、纠缠。

有毛的，光板子！光板子！”

“哈，哈，哈哈……”大家哄然大笑起来了。

“打！”我气愤不过，喊了一声。

“谁喊打？”肥人圆睁着那凶眼望着我们威吓地喝。

“打！”几十个人的声音，从站着观看的乘客中吼了出来。

那肥人有点惊慌了，赶快移动脚步，挺起大肚子走开，一面急忙地说：

“饶了他们三个人的船钱，到前面码头赶下船去！”

那几个打手齐声答应“是”，也即跟着肥人走去了。

“真是灭绝天理良心的人，那样的虐待穷人！”“狗养的好凶恶！”“那个肥大头可杀！”“那几个当狗的打手更坏！”“咳，没有捶那班狗养的一顿！”在观看的乘客中，发生过一阵嘈杂的愤激的议论之后，都渐次散去，各回自己的舱位去了。

我也走回统舱里，向我的铺位上倒下去，我的头像发热病似的胀痛，我几乎要放声痛哭出来。

朋友，这是我永不能忘记的一幕悲剧！那肥人指挥着鞭打，不仅是鞭打那三个同胞，而鞭打我中国民族，痛在他们身上，耻在我们脸上！啊！啊！朋友，中国人难道真比一个畜生都不如了吗？你们听到这个故事，不也很难过吗？

朋友，以后我还遇着不少的像这一类或者比这一类更难堪的事情，要说，几天也说不完，我也不忍多说了。总之，半殖民地的中国，处处都是吃亏受苦，有口无处诉。但是，朋友，我却因每一次受到的刺激，就更加坚定为中国民族解放奋斗的决心。我是常常这样想着，假使能使中国民族得到解放，那我又何惜于我这一条蚁命！

朋友！中国是生育我们的母亲。你们觉得这位母亲可爱吗？我想你们是和我一样的见解，都觉得这位母亲是蛮可爱蛮可爱的。以言气候，中国处于温带，不十分热，也不十分冷，好像我们母亲的体温，不高不低，最适宜于孩儿们的偎依。以言国土，中国土地广大，纵横万数千里，好像我们的母亲是一个身体魁大、胸宽背阔的妇人，不像日本姑娘那样苗条瘦小。中国许多有名的崇山大岭，长江巨河，以及大小湖泊，岂不象征着我们母亲丰满坚实的肥肤上之健美的肉纹和肉窝？中国土地的生产力是无限的，地底蕴藏着未开发的宝藏也是无限的，废置而未曾利用起来的天然力，更是无限的，这又岂不象征着我们的母亲，保有着无穷的乳汁，无穷的力量，以养育她四万万的孩儿？我想世界上再没有比她养得更多的孩子的母亲吧。至于说到中国天然风景的美丽，我可以说，不但是雄巍的峨嵋[1]，妩媚的西湖，幽雅的雁荡，与夫[2]“秀丽甲天下”的桂林山水，可以傲睨一世，令人称美；其实中国是无地不美，到处皆景，自城市以至

1 峨嵋，现称“峨眉”。
2 与夫，即“与那”。

乡村，一山一水，一丘一壑，只要稍加修饰和培植，都可以成流连难舍的胜景；这好像我们的母亲，她是一个天姿玉质的美人，她的身体的每一部分，都有令人爱慕之美。中国海岸线之长而且弯曲，照现代艺术家说来，这象征我们母亲富有曲线美吧。咳！母亲！美丽的母亲，可爱的母亲，只因你受着人家的压榨和剥削，弄成贫穷已极，不但不能买一件新的好看的衣服，把你自己装饰起来，甚至不能买块香皂将你全身洗擦洗擦，以致现出怪难看的一种憔悴褴褛和污秽不洁的形容来！啊！我们的母亲太可怜了，一个天生的丽人，现在却变成叫化婆子！站在欧洲、美洲各位华贵的太太面前，固然是深愧不如，就是站在那日本小姑娘面前，也自惭形秽得很呢！

听着！朋友！母亲躲到一边去哭泣了，哭得伤心得很呀！她似乎在骂着："难道我四万万的孩子，都是白生了吗？难道他们真像着了魔的狮子，一天到晚地睡着不醒吗？难道他们不知道自己伟大的团结力量，去与残害母亲、剥削母亲的敌人斗争吗？难道他们不想将母亲从敌人手里救出来，把母亲也装饰起来，成为世界上一个最出色、最美丽、最令人尊敬的母亲吗？"朋友，听到没有母亲哀痛的哭骂？是的，是的，母亲骂得对，十分对！我们不能怪母亲好哭，只怪得我们之中出了败类，自己压制自己，眼睁睁地望着我们这位挺美祥[1]美丽的母

1 美祥，吉兆。原文如此。

亲，受着许多无谓的屈辱，和残暴的蹂躏！这真是我们做孩子们的不是了，简直连一位母亲都爱护不住了！

朋友，看呀！看呀！那名叫“帝国主义”的恶魔的面貌是多么难看呀！在中国许多神怪小说上，也寻不出一个妖精鬼怪的面貌，会有这些恶魔那样的狞恶可怕！满脸满身都是毛，好像他们并不是人，而是人类中会吃人的猩猩！他们的血口，张开起来，好似无底的深洞，几千几万几千万的人类，都会被它吞下去！他们的牙齿，尤其是那伸出口外的獠牙，十分锐利，发出可怕的白光！他们的手，不，不是手呀，而是僵硬硬的铁爪！那么难看的恶魔，那么狰狞可怕的恶魔！一，二，三，四，五，朋友，五个可怕的恶魔[1]，正在包围着我们的母亲呀！朋友，看呀，看到了没有？呸！那些恶魔将母亲搂住呢！用他们的血口，去亲她的嘴，她的脸，用他们的铁爪，去抓破她的乳头，她的可爱的肥肤！呀，看呀！那个戴着粉白的假面具的恶魔，在做什么？他弯身伏在母亲的胸前，用一支锐利的金管子，刺进，呀！刺进母亲的心口，他的血口，套到这金管子上，拼命地吸母亲的血液！母亲多么痛呵，痛得嘴唇都成白色了。噫，其他的恶魔也照样做吗？看！他们都拿出各种金的、铁的或橡皮的管子，套住在母亲身上被他们铁爪抓破流血的地方，都拼命吸起血液来了！母亲，你有多少血液，不要

1 指当时美、英、法、日、意五个侵略中国的国家。

一下子就被他们吸干了吗？

嗄！那矮矮的恶魔，拿出一把屠刀来了！做什么？呸！恶魔！你敢割我们母亲的肉？你想杀死她？咳哟！不好了！一刀！啪的一刀！好大胆的恶魔，居然向我们母亲的左肩上砍下去！母亲的左肩，连着耳朵到颈，直到胸膛，都被砍下来了！砍下了身体的那么大一块——五分之一的那么一大块！母亲的血在涌流出来，她不能哭出声来，她的嘴唇只是在那里一张一张地动，她的眼泪和血在竞着涌流！朋友们！兄弟们！救救母亲呀！母亲快要死去了！

啊！那矮的恶魔怎么那样凶恶，竟将母亲那么一大块身体，就一口生吞下去，还在那里眈眈地望着，像一只饿虎向着驯羊一样地望着！恶魔！你还想砍，还想割，还想把我们的母亲整个吞下去？！兄弟们，无论如何不能与它干休！它砍下而且生吞下去母亲的那么一大块身体！母亲现在还像一个人吗，缺了五分之一的身体？美丽的母亲，变成一个血迹模糊肢体残缺的人了。兄弟们，无论如何，不能与它干休，大家冲上去，捉住那只恶魔，用铁拳痛痛地捶它，捶得它张开口来，吐出那块被生吞下去的母亲身体，才算，乃[1]不能让它恶魔的肚子里消化了去，成了它的滋养料！我们一定要回来一个完整的母亲，绝对不能让她的肢体残缺呀！

哑！那是什么人？他们也是中国人，

1 乃，此处为语气词，起加强语气的作用。

也是母亲的孩子？那么为什么去帮助恶魔来杀害自己的母亲呢？你们看！他们在恶魔持刀向母亲身上砍的时候，很快地就把砍下来的那块身体，双手捧到恶魔血口中去！他们用手拍拍恶魔的喉咙，使它快吞下去；现在又用手去摸摸恶魔的肚皮，增进它的胃之消化力，好让快点消化下去。他们都是所谓高贵的华人，怎样会那么恭顺地秉承恶魔的意旨行事？委曲求欢，丑态百出！可耻，可耻！傀儡！卖国贼！狗彘[1]不食的东西！狗彘不食的东西！你们帮助恶魔来杀害自己的母亲，来杀害自己的兄弟，到底会得到什么好处？！我想你们这些无耻的人们呵！你们当傀儡、当汉奸、当走狗的

1　彘，音 zhì，猪。

代价，至多只能伏在恶魔的肛门边或小便上，去吸取它把母亲的肉、母亲的血消化完了排泄出来的一点粪渣和尿滴！那是多么可鄙弃的人生呵！

朋友，看！其余的恶魔，也都拔出刀来，馋涎欲滴地望着母亲的身体，难道也像矮的恶魔一样来分割母亲吗？啊！不得了，他们如果都来操刀而割，母亲还能活命吗？她还不会立即死去吗？那时，我们不要变成了无母亲的孩子吗？咳！亡了母亲的孩子，不是到处更受人欺负和侮辱吗？朋友们，兄弟们，赶快起来，救救母亲呀！无论如何，不能让母亲死亡的呵！

朋友，你们以为我在说梦呓吗？不是的，不是的，我在呼喊着大家去救母亲呵！再迟些时候，她就要死去了。

朋友，从崩溃毁灭中，救出中国来，从帝国主义恶魔生吞活剥下，救出我们垂死的母亲来，这是刻不容缓的了。但是，到底怎样去救呢？是不是由我们同胞中，选出几个最会做文章的人，写上一篇十分娓娓动听的文告或书信，去劝告那些恶魔停止侵略呢？还是挑选几个最会演说、最长于外交辞令的人，去向他们游说，说动他们的良心，自动地放下屠刀不再宰割中国呢？抑或挑选一些顶善哭泣的人，组成哭泣团，到他们面前去，长跪不起，哭个七日七夜，哭动他们的慈心，从中国撤手回去呢？再或者……我想不讲了，这些都不会丝毫有效的。哀求帝国主义不侵略和灭亡中国，那岂不等于哀求老虎不吃肉？那是再可笑也没有了。我想，欲求中国民族的独立解放，决不是哀告、跪求哭泣所能济事，而是唤起全国民众起来斗争，都手执武器，去与帝国主义进行神圣的民族革命战争，将他们打出中国去，这才是中国唯一的出路，也是我们救母亲的唯一方法。朋友，你们说对不对呢？

因为中国对外战争的几次失利，真像倒霉的人一样，弄得自己不相信自己起来了。有些人简直没有一点民族自信心，认为中国是沉沦于万丈之深渊，永不能自拔，在帝国主义面前，中国渺小到像一个初出世的婴孩！我在三个月前，就会到一位先生，他的身体瘦弱，皮肤白皙，头上的发梳得很光亮，态度文雅，他大概是在军队中任个秘书之职，似乎是一个伤心国事的人。他特地来与我作了下列的谈话：

他：“咳！中国真是危急极了！”

我：“是的，危急已极，再如此下去，难免要亡国了。”

“唔，亡国，是的，中国迟早是要亡掉的。中国不会有办法，我想是无办法的。”他摇头地说，表示十分丧气的样子。

“先生为什么说出这样的话来？哪里就会无办法。”我诘问他。

“中国无力量呀！你想帝国主义多么厉害呵！几百几千架飞机，炸弹和人一样高；还有毒瓦斯，一放起来，无论多少人，都要死光。你想中国拿什么东西去抵抗它?”他说时,现出恐惧的样子。

“帝国主义固然厉害,但全中国民众团结起来的斗争力量也是不可侮的啦!并且,还有……”我尚未说完,他抢着说:

“不行不行,民众的力量,抵不住帝国主义的飞机大炮,中国不行,无办法,无办法的啦。”

“那照先生所说,我们只有坐在这里等着做亡国奴了!你不觉得那是可耻的懦夫思想吗?”我实在忍不住,有点气愤了。他睁大眼睛,呆望着我,很难为情地不作答声。

这位先生,很可怜地代表一部分鄙怯人们的思想,他们只看到帝国主义的飞机大炮,忘却自己民族伟大的斗争力量。照他的思想，中国似乎是命中注定地要走印度、朝鲜的道路了[1]，那还了得？！

中国真是无力自救吗？我绝不是那样想的，我认为中国是有自救的力量的。最近十几年来，中国民族，不是表示过它的斗争力量之不可侮吗？弥漫全国的“五卅”运动，是着实地教训了帝国主义，中国人也是人，不是猪和狗，不是可以随便屠杀的。省港罢工，在当时革命政权扶助之下，使香港变成了臭港，就是最老牌的帝国主义，也要屈服下来。以后北伐军到了湖北和江西，汉口和九江的租界，不是由我们自动收回了吗？在那时帝国主义在中国的威权，不是一

1 当时印度、朝鲜还未独立，这里是说亡国的意思。

落千丈吗?

朋友，我现在又要来讲个故事了。就在北伐军到江西的时候，我在江西做工作，因有事去汉口，在九江又搭上了一只J国轮船，而且十分凑巧，这只轮船，就是我那次由上海回来所搭乘的轮船。使我十分奇怪的，就是轮船上下管事人对乘客们的态度，显然是两样的了——从前是横蛮的无理，现在是和气多了。我走到货舱去看一下，货舱依然是装满了糖包，但糖包上没有蹲着什么人。再走到统舱去看看，只见两边走栏的甲板上，躺着好几十个人。有些像是做工的，多数是像从乡间来的，有一位茶房正在开饭给他们吃呢。我为了好奇心，走到那茶房面前向他打了一个招呼，与他谈话：

我：“请问，这些人都是买了票吗？”

茶房：“他们哪里买票，都是些穷人。”

我：“不买票也可以坐船吗？”

茶房：“马马虎虎地过去，不买票的人多呢！你看统舱里那些士兵，哪个买了票的？”他用手向统舱里一指，我随着他指的方向望去，果就看见有十几个革命军士兵，围在一个茶房的木箱四旁，箱盖上摆着花生米，匕蛋[1]，酱豆干等下酒菜，几个洋瓷碗盛着酒，大家正在高兴地喝酒谈话呢。

我：“他们真都没有买票吗？”

茶房：“哪里还会假的，北伐军一到汉口，他们就坐船不买票了。”

1　匕蛋，即咸蛋。

“从前的时候，不买票也行坐船吗？”我故意地问。

茶房：“那还了得，从前不买票，不但打得要命，还要抛到江里去！”

“抛到江里去？那岂不是要浸死人吃人命？”我又故意地问。

茶房笑说：“不是真抛到江里去浸死，而是将他吊一吊，吓一吓。不过这一吊也是一碗辣椒汤，不好尝的。”

我：“那么现在你们的船老板，为什么不那样做呢？”

茶房：“现在不敢那样做了，革命势力大了。”

我：“我不懂那是怎样说的，请说清楚！”

茶房：“那还不清楚吗？打了或吊

了中国人，激动了公愤，工人罢下工来，他的轮船就会停住走不动了。那损失不比几个人不买票的损失更大吗？”

我：“依你所说，那外国人也有点怕中国人了？”

茶房：“不能说怕，也不能说不怕，唔，照近来情形看，似乎有点怕中国人了。哈哈！”茶房笑起来了。

我与他再点点头道别，我暗自欢喜地走进来。我心里想，今天可惜不遇着那肥大头，如遇着，至少也要奚落他几句。

我走到官舱的饭厅上去看看，四壁上除挂了一些字画外，却挂了一块木板布告。布告上的字很大，远处都可以看清楚。

第 号

国民革命军总司令布告

为布告事。照得近来有军人及民众搭乘外国轮船不买票，实属非是！

特出布告，仰该军民人等，以后搭乘轮船，均须照章买票，不得有违！

切切此布。

啊啊，外国轮船，也有挂中国布告之一天，在中国民众与兵、工奋斗之下，藤条、竹片和绳子，也都失去从前的威力了。

朋友，不幸得很，从此以后，中国又走了厄运，环境又一天天地恶劣起来了。经过“五三”的济南惨案[1]，直到

1 1928 年蒋介石在英美的支持下，北上讨伐奉系军阀张作霖，日本为阻止英美势力向北方发展，出兵侵占山东省省会济南，截断津浦铁路。5 月 3 日，日军在济南屠杀中国军民五千余人，造成济南惨案。

“九一八”，日帝国主义公然出兵占领了中国东北四省，就是我在上面所说那矮的恶魔，一刀砍下并生吞下我母亲五分之一的身体。这是由于中国民族革命运动受了挫折，对于中国进攻采取了“不抵抗主义”，没有积极唤起国人自救所致！但是，朋友，接着这一不幸的事件而起的，却来了全国汹涌的抗日救国运动，东北四省前仆后继的义勇军的抗战，以及“一·二八”有名的上海战争。这些是给了骄横一世的日本军阀一个严重的教训，并在全世界人类面前宣告，中国的人民和兵士，不是生番[1]，不是野人，而是有爱国心的，而是能够战斗的，能够为保卫中国而牺牲的。谁要想将有

1 生番，旧时对开化较晚的民族的蔑称。

四千年历史与四万万人口的中国民族吞噬下去，我们是会与他们拼命战斗到最后的一人！

朋友，虽然在我们之中，有汉奸，有傀儡，有卖国贼，他们认仇作父，为虎作伥，但他们那班可耻的人，终竟是少数，他们已经受到国人的抨击和唾弃，而渐趋于可鄙的结局。大多数的中国人，有良心有民族热情的中国人，仍然是热心爱护自己的国家的。现在不是有成千成万的人在那里决死战斗吗？他们决不让中国被帝国主义所灭亡，决不让自己和子孙们做亡国奴。朋友，我相信中国民族必能从战斗中获救，这岂是我们的自欺自誉吗？

不错，目前的中国，固然是江山破碎，

国弊民穷，但谁能断言，中国没有一个光明的前途呢？不，决不会的，我们相信，中国一定有个可赞美的光明前途。中国民族在很早以前，就造起了一座万里长城和开凿了几千里的运河，这就证明中国民族伟大无比的创造力！中国在战斗之中一旦斩去了帝国主义的锁链，肃清自己阵线内的汉奸卖国贼，得到了自由与解放，这种创造力，将会无限地发挥出来。到那时，中国的面貌将会被我们改造一新。所有贫穷和灾荒，混乱和仇杀，饥饿和寒冷，疾病和瘟疫，迷信和愚昧，以及那慢性的杀灭中国民族的鸦片毒物，这些等等都是帝国主义带给我们可憎的赠品，将来也要随着帝国主义的赶走而离去中国了。朋友，我相信，到那时，到处都是活跃跃的创造，到处都是日新月异的进步，欢歌将代替了悲叹，笑脸将代替了哭脸，富裕将代替了贫穷，康健将代替了疾苦，智慧将代替了愚昧，友爱将代替了仇杀，生之快乐将代替了死之悲哀，明媚的花园将代替了凄凉的荒地！这时，我们民族就可以无愧色地立在人类的面前，而生育我们的母亲也会最美丽地装饰起来，与世界上各位母亲平等地携手了。

这么光荣的一天，决不在辽远的将来，而在很近的将来，我们可以这样相信的，朋友！

朋友，我的话说得太啰唆厌听了吧！好，我只说下面几句了。我老实地告诉你们，我爱护中国之热诚，还是如小学生时代一样的真诚无伪；我要打倒帝国主义为中国民族解放之心还是火一般的炽烈。不过，现在我是一个待决之囚呀！我没有机会为中国民族尽力了！我今日写这封信，是我为民族热情所感，用文字来作一次为垂危的中国的呼喊，虽然我的呼喊，声音十分微弱，有如一只将死之鸟的哀鸣。

啊！我虽然不能实际地为中国奋斗，为中国民族奋斗，但我的心总是日夜祷祝着中国民族在帝国主义羁绊之下解放出来之早日成功！假如我还能生存，那我生存一天就要为中国呼喊一天，假如我不能生存——死了，我流血的地方，或者我瘗[1]骨的地方，或许会长出一朵可

1 瘗，音 yì，埋，埋葬。

爱的花来，这朵花你们就看作是我的精诚的寄托吧！在微风的吹拂中，如果那朵花是上下点头，那就可视为我对于为中国民族解放奋斗的爱国志士们在致以热诚的敬礼；如果那朵花是左右摇摆，那就可视为我在提劲儿唱着革命之歌，鼓励战士们前进啦！

亲爱的朋友们，不要悲观，不要畏馁，要奋斗！要持久地艰苦地奋斗！把各人所有的智慧才能，都提供于民族的拯救吧！无论如何，我们决不能让伟大的可爱的中国，灭亡于帝国主义的肮脏的手里！

你们挚诚的祥松

五月二日写于囚室

囚人祥松将上信写好了，又从头到尾仔细修改了一次，自以为没有什么大毛病了，将它折好，套入一个大信封里。信封上写着："寄送不知其名的朋友们均启。"这封信，他知道是无法寄递的，他扯开书桌的抽屉，将信放在里面。然后拖起那双戴了铁镣的脚，钉铛钉铛走到他的铁床边就倒下去睡了。

他往日的睡，总是做着许多噩梦，今晚他或者能安睡一夜吧！我们盼望他能够安睡，不做一点梦，或者只做个甜蜜的梦。

附

这篇像小说又不像小说的东西，乃是在看管我们的官人们监视之下写的。所以只能比较含糊其辞地写。这是说明一个 ×××[1] 员，是爱护国家的，而且比谁都不落后以打破那些武断者诬蔑的谰言！

1　此处"×××"指共产党。

清贫

（一九三五年五月二十六日）

我从事革命斗争，已经十余年了。在这长期的奋斗中，我一向是过着朴素的生活，从没有奢侈过。经手的款项，总在数百万元，但为革命而筹集的金钱，是一点一滴地用之于革命事业。这在国方的伟人们看来，颇似奇迹，或认为夸张，而矜持不苟，舍己为公，却是每个共产党员具备的美德。所以，如果有人问我身边有没有一些积蓄，那我可以告诉你一桩趣事:

就在我被俘的那一天——一个最不幸的日子，有两个国方兵士，在树林中发现了我，而且猜到我是什么人的时候，他们满肚子热望在我身上搜出一千或八百大洋，或者搜出一些金镯金戒指一类的东西，发个意外之财。哪知道从我上身摸到下身，从袄领捏到袜底，除了一只时表和一支自来水笔之外，一个铜板都没有搜出。他们于是激怒起来了，猜疑我是把钱藏在哪里，不肯拿出来。他们之中有一个，左手拿着一个木柄榴弹，右手拉出榴弹中的引线，双脚拉开一步，作出要抛掷的姿势，用凶恶的眼光盯住我，威吓地吼道：

“赶快将钱拿出来，不然就是一炸弹，把你炸死去！”

“哼！你不要作出那难看的样子来吧！我确实一个铜板都没有存；想从我这里发洋财，是想错了。”我微笑淡淡地说。

“你骗谁！像你当大官的人会没有钱！”

拿榴弹的兵士坚不相信。

“决不会没有钱的，一定是藏在哪里，我是老出门的，骗不得我。”另一个兵士一面说，一面弓着背重来一次将我的衣角裤裆过细地捏，总企望着有新的发现。

“你们要相信我的话，不要瞎忙吧！我不比你们国民党当官的，个个都有钱，我今天确实是一个铜板也没有，我们革命不是为着发财啦！”我再向他们解释。

等他们确知在我身上搜不出什么的时候，也就停手不搜了；又在我藏躲地方的周围，低头注目搜寻了一番，也毫无所得，他们是多么地失望呵！那个持弹欲放的兵士，也将拉着的引线，仍旧塞进榴弹的木柄里，转过来来抢夺我的表和水笔。后彼此说定表和笔卖出钱来平分，才算无话。他们用怀疑而又惊异的目光，对我自上而下地望了几遍，就同声命令地说：“走吧！”

是不是还要问问我家里有没有一些财产？请等一下，让我想一想，啊，记起来了，有的有的，但不算多。去年暑天我穿的几套旧的汗褂裤，与几双缝上底的线袜，已交给我的妻放在深山坞里保藏着——怕国军进攻时，被人抢了去，准备今年暑天拿出来再穿；那些就算是我唯一的财产了。但我说出那几件“传世宝”来，岂不要叫那些富翁们齿冷三天？！

清贫，洁白朴素的生活，正是我们革命者能够战胜许多困难的地方！

一九三五年五月二十六日写于囚室

附录

方志敏生平年表

（一八九九至一九三五）

1899 年

8 月 21 日 降生。江西省弋阳县漆工镇湖塘村人。谱名远正，乳名正鹄。父亲方高翥，母亲金香莲。

1907 年

在湖塘村私塾启蒙。

1910 年

私塾闭馆，辍学在家务农。

1912—1913 年

在弋阳县烈桥乡张家学堂搭学。

1914 年

再次辍学回家务农。

1916 年

秋 考入弋阳县立高等小学，取学名为方志敏。

1917—1918 年

继续在弋阳县立高等小学读书。

1919 年

5 月上中旬 五四爱国运动波及弋阳，带领同学开展抵制日货活动。

夏 从弋阳县立高等小学毕业。

8 月下旬 考入江西省立甲种工业学校（简称“甲工”），入读预科。

1920 年

8 月下旬 在“甲工”升入机械科学习。阅读《新青年》《东方杂志》等进步书刊。

1921年

3月 组织“甲工”学生自治会，被推选为主席。

6月中旬 因领导“甲工”学潮，被校方开除学籍。

9月下旬 考入九江南伟烈学校，就读高中部。

1922年

春 在南伟烈学校开始研读英文版《共产党宣言》《资本论》等著作。

7月上旬 因家贫从南伟烈学校退学。

离开九江到上海，拟半工半读，同时寻找中国社会主义青年团组织。

8月2日 在上海加入中国社会主义青年团。

9月 在南昌开办南昌文化书社。

1923年

1月20日 与赵醒侬等在南昌文化书社成立中国社会主义青年团江西地方团。

4月上中旬 遭军阀当局通缉，潜离南昌，由九江抵达南京。后曾入东南大学旁听。

9月中下旬 从南京返回南昌，着手南昌文化书社复业。

1924年

3月下旬 在南昌加入中国共产党。

4月 与赵醒侬等秘密重建国民党江西省临时党部。

5月 与赵醒侬等建立中国共产党南昌特别支部，直属中共中央。

6月—8月 与赵醒侬等在南昌开办明星书店和黎明中学。

11月 与赵醒侬等建立江西省最早的农民协会——扬子洲农民协会。

1925年

6月9日 与赵醒侬等发起南昌各校学生总罢课，声援五卅运动。

7月4日 国民党江西省党部在南昌秘密成立。当选为国民党江西省党部执行委员兼农民部长。

7月 在弋阳县先后建立共青团弋阳县支部、中共漆工小组。

秋 成立漆工镇农民协会筹备委员会；建立国民党弋阳县党部。

1926年

3月19日—3月22日 出席国民党江西省第二次代表大会，继续任国民党江西省党部执行委员。

4月 中共南昌特别支部改为中共江西地方执行委员会，直属中共中央。任中共江西地方执行委员会农工部主任。

5月1日—15日 出席广东省第二次农民代表大会。期间，晤谈毛泽东与彭湃。

11月上旬 中共中央农民运动委员会成立，任中共江西农委书记。

任国民党江西省党部常务委员兼农民部长。

11月19日 任江西省农民协会筹备处秘书长。

11月中下旬 指导弋阳九区农民协会占领漆工镇警察所，获步枪三支，其中一支是坏枪（称半条），开始“两条半枪闹革命”的历程。

11 月 26 日—29 日 会见从上海抵达南昌的毛泽东。此后，在全省范围遴选学员，落实毛泽东开办湘鄂赣三省农讲所的计划。

11 月 先后在南昌、新建两县，组织数千农民支援北伐军东征。

1927 年

1 月 中共江西地方执行委员会改为中共江西区执行委员会。任中共江西区委委员兼农委书记。

2 月 20 日—28 日 江西第一次全省农民代表大会召开，江西省农民协会正式成立。当选为江西省农民协会常务委员兼秘书长。

3 月 26 日 国民党中央执行委员会在武汉通过决议，委派方志敏等 8 人为中央特派员，改组国民党江西省党部。

3 月 30 日 在武汉出席粤、湘、赣、鄂农民协会代表和河南农民自卫军代表联席会议。会上，与彭湃等坚决支持毛泽东提出的“重新分配土地”的主张。与毛泽东、彭湃等 13 人当选为中华全国农民协会临时委员会执行委员。

4 月 27 日—5 月 9 日 出席中国共产党第五次全国代表大会。

5 月 20 日—30 日 在重新召开的国民党江西省第三次代表大会上当选为国民党江西省党部执行委员兼农民部长。

5 月下旬 中共江西区委改称为中共江西省委。任中共江西省委委员兼农委书记。

6 月上旬 江西省农民协会被国民党当局查封。受中共江西省委派遣，秘密离开南昌赴赣南，在吉安等四县领导“二五”减租运动。

8 月上旬 与中共江西省委失去联系，隐匿在吉安县的农民家中。

8 月中下旬 为避开国民党当局的缉捕，化装徒步从吉安返回湖塘村。

8 月底 秘密召集在弋阳县磨盘山一带的革命同志，决定组织农民发动秋收暴动。

9 月 在鄱阳县和中共江西省委取得联系。中共弋阳区委成立，任中共弋阳区委书记。

10 月底 领导弋阳九区 3000 名农民发起武装

暴动，由此揭开弋横暴动序幕。

11月15日 任中共横峰区委书记。

12月10日 发起以楼底兰家为起点的横峰年关大暴动。

1928年

1月2日 在弋阳县窖头村主持召开弋阳、横峰、贵溪、上饶、铅山五县党员会议，即“窖头会议”。会上成立了中共五县工作委员会，同时成立了暴动总指挥部。被推选为五县工作委员会书记兼暴动总指挥。

1月上旬 领导参加弋阳、横峰暴动的百余村农民革命团，分六路纵队，近6000人，发起了弋（阳）横（峰）农民武装大暴动。

1月中下旬 弋（阳）横（峰）武装大暴动推进区域纵横达百余里，参加暴动的农民近8万人。弋横暴动的胜利，初创了以磨盘山为中心的革命根据地。

2月 在弋阳九区齐川源村，成立工农革命军第2军第2师第14团，初编一个连。赣东北第一支正规的工农革命武装由此创建。

4月中下旬 中共弋阳县委成立，下辖横峰区委。任中共弋阳县委书记。

5月上旬 弋阳县苏维埃政府成立，当选为弋阳县苏维埃政府主席。

5月中旬 横峰县苏维埃政府成立。弋（阳）横（峰）革命根据地正式形成。

6月末 领导根据地军民粉碎了国民党军向弋（阳）横（峰）革命根据地发动的第一次局部“围剿”。

10月 指挥苏区军民打破了国民党军对根据地的第二次局部“围剿”。

12月9日—12日 在湖口县出席中共江西省第二次代表大会，当选为中共江西省委执行委员。

1929年

2月底—3月初 中共信江特委成立，直属中共江西省委。任中共信江特委常委，代理信江特委书记。

4月末 领导苏区军民取得了反国民党军第三

次局部“围剿”的胜利。

6月—7月上旬 领导根据地军民击破国民党军的“砍树运动”，敌第四次局部“围剿”被苏区军民粉碎。

7月16日 领导贵（溪）余（江）万（年）三县总暴动。次月，开辟了贵（溪）余（江）万（年）革命根据地。

10月3日 信江特区苏维埃政府成立。当选为信江特区苏维埃政府主席。 信江革命根据地正式形成。

1930年

1月5日 毛泽东在给红4军第1纵队司令员林彪的复信中指出：“朱德毛泽东式、方志敏式之有根据地的，有计划地建设政权的，深入土地革命的，扩大人民武装的路线……无疑义地是正确的”。

2月上旬 在毛泽东主持召开的红4军前委、赣西特委、红5军及红6军军委的联席会议上，当选为中共共同前敌委员会委员；任信江革命军事委员会主席；领导红军独立团第1团开始为期两个月的整军。

2月23日 指挥红军攻克上饶城，国民党军对信江根据地发动的第五次局部“围剿”至此被粉碎。

7月中旬 中共信江特委、东北特委合并为新的中共赣东北特委，直属中共中央。任中共赣东北特委委员。

7月22日 出席中国工农红军第10军（由红军独立第1团扩编）建军典礼。任红10军前敌委员会常委。

8月1日 江西东北革命委员会成立，当选为江西东北革命委员会主席。根据地由信江时期进入赣东北时期。

8月下旬 闽北苏区划归赣东北苏区。

9月中下旬 领导红10军扩编和整军。

10月16日 主持筹建的赣东北贫民银行成立，批准银行发行股票集资。

12月14日 任中共赣东北特委常委。

1931 年

1 月中下旬 领导赣东北根据地取得了第一次反“围剿”胜利。

3 月 8 日 赣东北特区苏维埃政府成立。当选为赣东北特区苏维埃政府主席兼文化委员会主席。赣东北根据地成为中共土地革命时期早期六大战略地区之一。

3 月底 代理红 10 军政治委员。领导红 10 军进行第二次整军。

4 月 26 日—5 月 6 日 率领红 10 军进军闽北。红 10 军首次入闽，连打 11 仗，仗仗皆捷。

5 月中旬 赣东北根据地取得了第二次反“围剿”胜利。

8 月 主持建立对外贸易处，开展赤白贸易；建立船舶检查局，对过往苏区的货船征税。毛泽东在总结苏维埃经济建设经验时说，对外贸易“这一工作，闽浙赣边区方面实行得较早，中央区则开始于一九三三年的春季”。

9 月 5 日 中共赣东北省委成立。任中共赣东北省委常委。

10月31日 以中共赣东北省委名义，向中共临时中央书面报告近期赣东北苏维埃政府的工作。报告中提及赣东北苏区财政收入的来源，现已转到以发展苏区经济和增加贸易税收为主，这是赣东北苏区财政经济政策的标志性转变，后来得到毛泽东的高度评价："我们财政政策的基本方针，明显的效验已在闽浙赣边区表现出来。"

10月 将赣东北特区贫民银行改制为赣东北省苏维埃银行，并先后在各地增设分行。

领导赣东北根据地军民取得第三次反"围剿"局部胜利。

11月7日—14日 主持赣东北省第一次工农兵代表大会，赣东北省苏维埃政府成立。当选为赣东北省苏维埃政府主席兼财经委员会主席。

11月7日—20日 中华工农兵苏维埃第一次全国代表大会在江西瑞金召开。当选为中华苏维埃共和国中央执行委员会委员，并被大会授予红旗勋章，以嘉奖其为建设苏维埃政权立下的功勋。因忙于革命工作未能参会，后于1933年3月召开的闽浙赣省第二次工农兵代表大会上接受该勋章并致答词。

1932年

9月10日—10月2日 率领红10军第二次进军闽北。二进闽北历时22天，扩大了闽北根据地，取得了第四次反“围剿”的阶段性胜利。

11月下旬 中共闽浙赣省委成立。任中共闽浙赣省委常委。

12月11日 闽浙赣省苏维埃政府成立。当选为闽浙赣省苏维埃政府主席兼财政部长。

12月 中共徽州工委及其所属组织划归中共闽浙赣省委领导。根据地区域从赣东北扩大到闽北、浙西、皖南。

1933年

1月初 中革军委致电中共闽浙赣省委、省军区，指示红10军改编为中国工农红军第11军，南渡信江，策应红1方面军行动。

1月20日 红10军在贵溪县神前村改编为红11军。

1月20日—22日 临时兼任红11军政治委员。深入部队工作，要求大家从革命大局出发，坚决服从中央的命令。

1月25日 红11军南渡信江后，在贵溪县上清镇与红1方面军会师。不久，红11军赴中央根据地参加第四次反“围剿”战斗。

1月下旬—2月下旬 赤色警卫师扩编为新的红10军。

3月18日—23日 闽浙赣省第二次工农兵代表大会召开。继续当选为闽浙赣省苏维埃政府主席兼财政部长。

3月下旬 国民党军的第四次“围剿”被闽浙赣苏区军民粉碎。

8月—9月上旬 指示闽浙赣省财政部成立招股委员会，推销闽浙赣省苏维埃银行的股票。同时扩股工作也在白区进行。3个月后闽浙赣省苏维埃银行共募集股金20余万元。

11月末 任中共闽浙赣省委书记，继续担任闽浙赣省苏维埃主席。

1934年

1月15日—18日 中共六届五中全会召开。

被增补为中共第六届中央委员会委员。

1月22日—2月1日　中华苏维埃共和国第二次全国代表大会在瑞金举行。与毛泽东等人当选为中华苏维埃共和国第二届中央执行委员会委员。毛泽东在《中央政府工作报告》中，高度评价闽浙赣苏区的财政经济政策和经济建设取得的成就：“赣东北的同志也有很好的创造，他们同样是模范工作者。”

2月3日　中华苏维埃共和国第二届中央执行委员会举行第一次会议。当选为中央执行委员会主席团成员。

7月1日　批准闽浙赣省苏维埃政府财政部发行10万元决战公债。7月—9月，苏区人民超额认购决战公债达14万元。

7月6日　由中国工农红军第7军团6000余人组成的中国工农红军北上抗日先遣队，从瑞金出发，经福建向浙皖赣方向进军。

10月10日　中共中央、中革军委率中央红军主力、中央机关、军委机关和直属部队，从瑞金等地出发，实行战略大转移，即长征。

11月1日 红军北上抗日先遣队（红7军团）抵达闽浙赣根据地德兴县重溪、绕二地区。

11月4日 中革军委在长征途中电令，将红7军团与红10军合编为红10军团。被任命为闽浙赣省苏维埃主席兼闽浙赣军区司令员。

11月18日 收到中央军区电报，被任命为红10军团军政委员会主席，率红10军团向皖浙边出击，威胁国民党的统治中心——南京、上海、杭州地区，继续执行中国工农红军北上抗日先遣队的使命。

11月24日 率领红10军团军团部及红20师指战员离开葛源，开始执行出击皖南的行动。

12月10日 率部抵达安徽汤口镇，与先期抵达的红19师会师。次日，在汤口镇召开红10军团全军誓师大会。正式宣布红10军团的成立，再次亮出红军北上抗日先遣队的旗帜。

12月中旬 红10军团遭到国民党军队约20万兵力的围追堵截。

12月中下旬 率红10军团在皖南数县转战。

1935年

1月初 红10军团在黟县、祁门和遂安等县不断转移，其间，被兵力明显占据上风的国民党"追剿队"穷追不舍。

1月15日 红10军团重返赣东北途中，途经江西省德兴县港首村，遭敌第49师攻击。与粟裕等率800余人，进入德兴陈家湾村，其余部队由军团长刘畴西指挥，未能突破敌军阻击，部队被打成两截。

1月16日 令粟裕、刘英率先头部队转移，伺机冲出封锁线。自己仅带十余名警卫人员留在陈家湾，等待与大部队会合。当晚，粟裕等率部冲破敌军封锁线，进入德兴苏区。

国民党军各部以14个团的兵力，在怀玉山区完成对红10军团主力的合围。

1月17日—19日 重返包围圈，找到红10军团主力后，率部队多次突围未果，退入怀玉山中。

1月21日 率红10军团主力，在玉琊山、八亩等地，受到敌人优势兵力的攻击，经极其英勇惨烈的战斗后，部队建制被完全打散。当晚，将打散的部队收拢，继续寻机突围，次日又被打散。

1月23日—28日 与刘畴西等“不分昼夜地爬山越岭，要偷过敌人封锁线”。方志敏后来回忆：“虽然七天没有吃饭，饿得两脚走不稳，打踱脚；虽然镇天冻得发抖，虽然每晚不得睡眠，人是疲劳到了万分，但我总是咬紧牙关，忍受下去！”

1月29日 清晨，在怀玉山的高竹山附近被俘。当晚，写就《方志敏自述》，文中坦陈“我已认定苏维埃可以救中国，革命必能得最后的胜利，我愿意牺牲一切，贡献于苏维埃和革命。”

2月2日 被押至南昌，囚禁于驻赣“绥靖公署”军法处看守所。

2月7日 被国民党军警用铁甲车押至南昌豫章公园“示众”。虽戴着手铐脚镣，但始终傲然站立台上，大义凛然。

2月10日 蒋介石下令，想尽办法劝降方志敏。

2月中旬 开始撰写《我从事革命斗争的略述》。

3月中下旬 与看守兵已相处如朋友。得知暂不会被杀的消息，改变斗争策略，在争取越狱的同时，书面总结从事革命斗争的经验。

3月下旬 由普通号转入优待号。自传《我从事革命斗争的略述》完稿。其后，写成《我们临死以前的话》。

4月20日 拟就《在狱致全体同志书》。

5月 撰就《可爱的中国》《死》《清贫》《给某夫妇的信》。

6月上中旬 监狱方传达国民党当局的旨意，所写“自传”限定8月31日前交稿。

6月—7月 写成《狱中纪实》《给党中央的信》《赣东北苏维埃创立的历史——序言》《记胡海、娄梦侠、谢名仁三同志的死》《赣东北苏维埃创立的历史——第二章》《遗信》等文稿。

6月中旬—7月 将部分文稿交狱中囚友胡逸民保管。当年秋后，胡经保释出狱，将这部分文稿带出，并于1936年11月带到上海，几经周折后交给胡子婴。后胡子婴将文稿交给宋庆龄，宋再转交给中共中央驻上海办事处。

7月上旬 将分别写给宋庆龄、鲁迅、邹韬奋等人的信和部分文稿委托狱中看守高家骏的女友程全昭送往上海。程到上海后，将书信与文稿交给胡子婴。几经辗转，这批文稿被送达中共上海特科，抄件转送共产国际东方部。

8月初 国民党当局认定方志敏信仰不可动摇，也不可能交出对他们有用的东西，决定提前行刑。

8月6日晨 在南昌市下沙窝就义，时年36岁。

后 记

许多年前，在上海举办的一次纪念曾外祖父方志敏的展览中，我看到了曾外祖父的一张巨幅照片：他被全副武装的敌人押解着，神情坚毅，大义凛然。当时，我感受到了一种强烈的震撼，曾外祖父的英雄形象深深留在我的心里。我为有这样的曾外祖父感到骄傲，他是我最崇敬的人。

在上海外国语大学附属中学读书时，我们的语文教材选用了曾外祖父的狱中文稿《清贫》。我和同学们都非常喜欢这篇思想深刻、文笔简练的散文。于是，我尝试将曾外祖父狱中遗著中流传最广的《清贫》和《可爱的中国》译成了英文。在大家的支持鼓励下，《可爱的中国》（中、英文版）由外文出版社在2015年出版，收录了曾外祖父的这两篇经典之作。

其后，我进一步研究了他撰写的文章，他任赣东北、闽浙赣苏维埃主席时起草的文件和颁布的各种法规。

曾外祖父无疑是中国共产党早期领导人中的红色经济学家，是致力于苏区早期乡村建设的最早的实践者。在切实解决土地问题的基础上，他巧妙地运用了财政货币政策打破了当时国民党政府对赣东北苏区的经济封锁。我发现，曾外祖父在20世纪30年代用来促进农村发展的宏观经济政策，与当今欠发达国家中所实施的某些政策存在相似之处。这些都促使我立志攻读经济学专业。曾外祖父是对我人生影响最大的人。

非常感谢此次新世界出版社出版《可爱的中国》（中、英文版），使我有机会对上一版《可爱的中国》《清贫》两篇译文做进一步修正和调整，以期更接近曾外祖父朴实而充满革命激情的写作风格。同时，我把曾外祖父在苏区经济建设方面的部分成就，收入本书附录《方志敏生平年表》。

在中国共产党成立100周年之际，我更加怀念曾外祖父，可以告慰他的是，他毕生奋斗所追求并为之献出生命的可爱的中国，已经变成了活生生的现实。这100年，是中国发生翻天覆地变化的100年，也是中华民族走向伟大复兴的100年。特别是改革开放以来，中国近8亿农村人口摆脱贫困，脱贫攻坚成果举世瞩目。中国共产党铸就了百年辉煌！

希望本书有助于读者了解曾外祖父方志敏，弘扬方志敏的不朽精神。

徐思阳

2021年6月